Microbios monstruosos

Ilustraciones de Sebastiaan Van Doninck

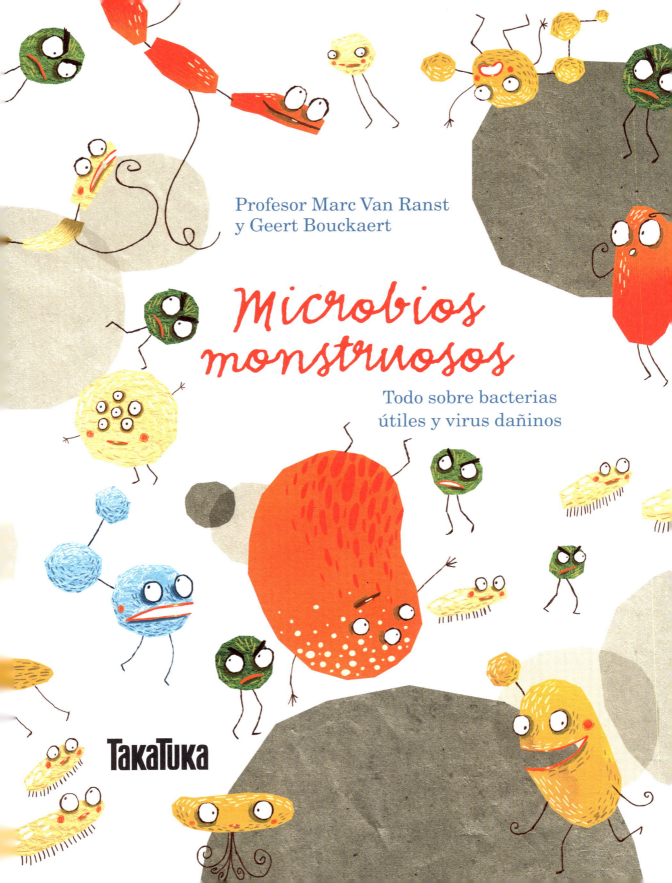

Profesor Marc Van Ranst
y Geert Bouckaert

Microbios monstruosos

Todo sobre bacterias
útiles y virus dañinos

TakaTuka

ÍNDICE

¿Qué son los microbios y qué hacen?

¿Cómo se propagan estos monstruitos? ¿Y cómo puedo combatirlos?

¿Por qué el virus de la gripe reaparece todos los años?

¿Qué microbios pueden resultar mortales?

¿Quieres ser microbiólogo?

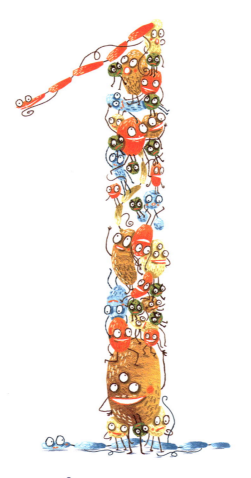

¿QUÉ SON LOS MICROBIOS Y QUÉ HACEN?

1 ¿Los microbios y las bacterias son lo mismo?

Todas las bacterias son microbios, pero no todos los microbios son bacterias. *Microbio* es una palabra que se utiliza para denominar a distintos microorganismos. Los microbios son formas de vida tan diminutas que no se ven a simple vista. Para verlos necesitas un microscopio. Existen cuatro tipos de microbios: las bacterias, los virus, los parásitos y, además, los hongos. En este cuarto grupo debemos incluir también las levaduras.

¿PEQUEÑOS MONSTRUOS? Seguro que has oído hablar de bacterias y de virus. Y probablemente no habrás oído muchas cosas buenas de ellos.

Lo que se acostumbra a saber de las bacterias y los virus es que son pequeños monstruos que causan enfermedades. Es cierto que hay bacterias que te pueden producir dolor de garganta u otitis, y que por culpa de un virus puedes pillar la gripe o, peor aún, la viruela o la poliomielitis. Pero la mayor parte de las bacterias y los virus no son dañinos. Al contrario, muchas bacterias son útiles. Por ejemplo, algunas te ayudan a digerir los alimentos. E incluso existe una bacteria que elimina el petróleo de la playa.

¿BACTERIA O VIRUS? A veces se confunden bacterias y virus. Pero son tan diferentes entre sí como un mosquito y un elefante. Los virus son mucho más pequeños que las bacterias. El virus de mayor tamaño es apenas tan grande como la más pequeña de las bacterias.

PIRATAS La diferencia más importante entre bacterias y virus es la manera como se reproducen. Las bacterias se reproducen por sí mismas, mientras que los virus solo se reproducen dentro de otro ser vivo, que los científicos llaman «huésped». Los virus son como los piratas: mientras están en su propio barco están tranquilos, pero cuando abordan otro barco organizan un alboroto terrible.

INVITADOS INESPERADOS Los parásitos son microbios que se alimentan a costa de otro ser vivo. Se instalan en un huésped y comparten, con toda la tranquilidad del mundo, su alimento. Son como esas visitas que se presentan en tu casa sin avisar y que, sin que las hayas invitado, se sientan en la mesa a comer. A veces, para llegar al huésped, los parásitos se sirven de otros animales. Eso es lo que hace el parásito que causa la malaria, que llega a nuestra sangre a través de la picadura de un mosquito portador.

MOHO ¿Has visto alguna vez que, al sacar el queso de la nevera, este tiene una capa de moho blanco o verde? Esta capa blanca o verde son hongos. Pero, si los ves a simple vista en el queso es porque hay millones. Algunos hongos pueden causar infecciones. Por ejemplo, en la piscina puedes pillar hongos en los pies. Pero la mayor parte de los hongos hace un buen trabajo.

Los hongos más útiles son las levaduras, que convierten los azúcares en alcohol. Así se elabora la cerveza y el vino. La masa del pan o de la pizza también necesita levadura para fermentar.

2 ¿Dónde hay microbios?

¡Sería mejor que nos preguntáramos dónde no hay microbios! Con solo recoger un poco de tierra del jardín, ya tienes miles de microbios distintos en la mano. En una cucharadita de tierra hay más de mil millones de bacterias y casi 120.000 hongos.

Los microbios están en todas partes. Y es bueno que sea así, porque sin microbios la vida en la Tierra no sería posible. Sin microbios, las plantas no crecerían. Nosotros no podríamos respirar ni tampoco podríamos digerir los alimentos. Y no solo esto, muchos alimentos que nos gustan no existirían sin los microbios. Por ejemplo, sin bacterias no podríamos hacer yogur.

Hay microbios en el aire que respiramos, en la tierra que pisamos y en el agua donde nadamos. También los hay en las plantas y en los animales, en las rocas y piedras y en la comida que comemos. Y, sí, ¡en nuestro cuerpo también hay miles de millones de microbios!

UN SACO DE MICROBIOS CON PATAS ¿Verdad que a veces te tocas los dientes con la lengua? Recuerda que cuando haces eso estás lamiendo miles de microbios que viven en tu dentadura. En tu lengua también viven millones de microorganismos. Tus intestinos albergan quinientos tipos de bacterias. Y en tu piel hay más microbios que habitantes en todo el planeta. Por ejemplo, todos tenemos verrugas víricas en la piel. Las lesiones que causan son tan pequeñas que no las puedes ver. Pero tampoco hacen daño.

Las bacterias, los virus y los hongos constituyen una buena parte de nuestro organismo. Imagínate que nos visitaran unos extraterrestres y se llevaran a un humano para estudiarlo en su laboratorio. ¿Qué descubrirían? ¡Un gran saco de microbios con patas!

SUPERVIVIENTES Los microbios son auténticos supervivientes. Se adaptan con asombrosa facilidad al entorno. Algunos viven en lugares donde antes pensábamos que nada podría sobrevivir. Los científicos han encontrado microbios en manantiales de agua hirviendo y en grietas de los fondos oceánicos, donde casi no llega la luz y el agua es tóxica; por ejemplo, en la zona de las islas Galápagos. Se han encontrado microbios incluso en los muros de iglesias antiguas.

VIDA EN MARTE Hace miles de años cayó en la Tierra una roca que provenía de Marte. Los científicos la estudiaron minuciosamente con el microscopio y en ella descubrieron fósiles de unos seres vivos que no podían apreciarse a simple vista. Creen que podrían haber sido bacterias. Por tanto, quizá en Marte también hayan vivido bacterias en algún momento.

3 ¿De dónde vienen los microbios?

Microbios siempre ha habido. Son la forma de vida más antigua de la Tierra. Más antigua que los dinosaurios, las plantas o los humanos. Los científicos han descubierto fósiles de microbios de 3500 millones de años de edad. Comparándonos con ellos, los humanos tenemos la edad de un recién nacido, ya que existimos desde hace tan solo dos millones de años.

Supón que toda la existencia de la Tierra equivaliese a un día. A lo largo de este día, los microbios se formarían a las 5 de la mañana, los dinosaurios aparecerían a las 10 de la noche y los humanos poco antes de medianoche.

LADRILLOS DE LA VIDA Los microbios se formaron cuando la Tierra aún era joven y estaba compuesta solo por lava, agua en ebullición y nubes gaseosas. A partir de estos elementos, se formaron las proteínas, que son como los ladrillos de la vida. Varias proteínas juntas formaron las bacterias. Las bacterias son los primeros seres vivos que pudieron propagarse y que contienen ADN.

El ADN es la receta de todo tipo de vida. Casi todas las células de tu cuerpo contienen ADN, que es toda la información necesaria para que tú seas quien eres. El ADN determina tus características físicas, el color de los ojos y del cabello, y también si eres diestro o zurdo. Todo eso está en tu ADN.

El ADN tiene la forma de una larga escalera de caracol. Nosotros estamos llenos de ADN. Si pusieras en fila todo el ADN de una de tus células, obtendrías una tira de casi dos metros. Eso significa que, si

tu cuerpo está formado por cinco mil millones de células, aproximadamente, ¡la longitud total de todo el ADN de tu cuerpo sería igual a la distancia de ir y volver treinta veces de la Tierra al Sol!

OXÍGENO Las primeras bacterias tuvieron un importante papel en la evolución de nuestro planeta. A partir de las bacterias surgieron otras formas de vida como las algas. Las bacterias que hace tres mil millones de años vivían en el agua originaron el oxígeno que nosotros respiramos. De esta manera, las condiciones en la Tierra fueron cambiando poco a poco y fue posible la vida de especies superiores. Los microbios son imprescindibles para la vida en nuestro planeta.

TODAVÍA POR DESCUBRIR Los microbios se adaptan continuamente. Por eso siguen viviendo aún en el planeta y están en todas partes. Si juntáramos todos los microbios de la Tierra, ocuparían más espacio que todos los animales juntos. Y piensa, además, que existen muchas bacterias que probablemente ni siquiera conocemos. Los científicos están seguros de que todavía quedan muchos microbios por descubrir.

4 ¿Cómo son los microbios?

Los microbios son tan pequeños que solo se pueden ver con un microscopio. Pero debe ser uno potente, porque con un microscopio escolar solo verás puntitos o rayitas. Para observar bien los microbios, necesitarás un microscopio electrónico, como el que usan los *microbiólogos* (así se llaman los científicos que estudian los microbios).

¿CÓMO DE PEQUEÑOS SON REALMENTE LOS MICROBIOS? Los microbios más pequeños son los virus. Imagínate que pudiéramos aumentar el tamaño de un virus hasta convertirlo en una pelota de tenis. Entonces, una bacteria tendría el tamaño de una raqueta de tenis.

Los parásitos son un poco más grandes que las bacterias, pero tampoco puedes verlos a simple vista. Los hongos sí que podemos verlos, a veces, sin microscopio; por ejemplo, en el pan viejo. Pero los vemos porque, como se han reproducido, hay muchos.

CROQUETA ¿Cómo se observan los microbios? Los científicos mojan una aguja en un líquido donde hay microbios. A continuación, ponen la punta de la aguja bajo el microscopio electrónico y, así, pueden ver todos los microbios que hay en ella. Y si agrandan un microbio, ¿qué ven? Pues depende del tipo de microbio, claro.

Las bacterias comunes —por ejemplo, las que tenemos en los intestinos— son barritas alargadas de color naranja. Su forma recuerda a una croqueta. Otras bacterias son redondas como albóndigas. Otras tienen forma de espiral, como un sacacorchos. Y no todas son de color naranja, también las hay amarillas, marrones o verdes. Ciertos tipos de bacterias tienen unos apéndices que parecen cabellos y que utilizan para moverse.

BALÓN DE FÚTBOL Los virus tienen un aspecto muy distinto. Un virus común —por ejemplo, el virus que causa el resfriado— se parece un poco a un balón de fútbol de cuero, ya que está formado por parches con cinco o seis lados. Son virus con una estructura muy sólida. Otros tienen una pared exterior con púas. Otros se parecen más a una rama o a un trozo de cuerda. Los virus más complejos recuerdan la nave espacial con la que el hombre se posó sobre la Luna.

FALSOS PIES Los parásitos se parecen, a menudo, a las bacterias grandes. La mayor parte de parásitos cuenta también con apéndices que parecen cabellos. Algunos tienen falsos pies que despliegan para moverse. Si pones hongos en el microscopio, verás una maraña de largos hilillos. Las levaduras son diferentes. Son como una especie de grumo, como el que forma la cera fundida o una gota de pintura seca.

En resumen, existen microbios de muchas formas y tamaños.

5 ¿Qué microbios son los más útiles para los humanos?

En cada bocanada de aire que inspiramos hay millones de microbios. Si todos ellos fueran nocivos, la humanidad se habría extinguido hace mucho tiempo. Pero eso no ha sucedido.

La mayor parte de las bacterias son inofensivas para los humanos. Algunas incluso son muy útiles, como las que producen el oxígeno que respiramos. Las bacterias también son buenas basureras, ya que destruyen los deshechos. Sin bacterias, la Tierra estaría cubierta de basura.

PROTECCIÓN La mayor parte de bacterias que están sobre y dentro de nuestro cuerpo también desempeñan una función útil. Por ejemplo, las bacterias de la piel nos protegen de invasores dañinos. Las bacterias de los intestinos, en cierto sentido, hacen lo mismo. Imagínate que tus intestinos son un gran aparcamiento y que las bacterias son automóviles. Si las bacterias buenas ocupan todas las plazas de aparcamiento, las bacterias malas no encuentran sitio para aparcar.

Las bacterias buenas de los intestinos nos ayudan, principalmente, a digerir los alimentos. También fabrican vitamina K, una sustancia que sirve para que la sangre coagule bien. La sangre se coagula cuando entra en contacto con el aire. Entonces se seca y se endurece. Piensa en lo que pasa cuando te haces un rasguño en la rodilla: primero sangra mucho, pero rápidamente deja de sangrar y se forma una costra. La coagulación de la sangre es muy importante. Piensa cuánta sangre perderías si la rodilla no parara de sangrar.

LAS BACTERIAS CONQUISTAN EL SUPERMERCADO Las bacterias buenas son imprescindibles para la digestión. Hay personas que tardan más de la cuenta en digerir. Estas personas pueden comprar, hoy en día, productos que contienen baterías buenas que ayudan a digerir. Todos los fabricantes añaden bacterias a las bebidas lácticas, para mejorar la actividad intestinal. No está probado científicamente que eso realmente funcione. Pero una cosa es cierta: las bacterias ahora también han conquistado los supermercados.

¡QUÉ RICO! La leche y las bacterias suelen dar resultados interesantes. Existe una bacteria que convierte la leche en yogur o en queso. Y las olivas no serían comestibles si no las fermentáramos antes con bacterias. ¡Sin bacterias, todas estas comidas deliciosas no existirían!

RESPETUOSOS CON EL MEDIO AMBIENTE Al igual que algunas bacterias, muchos hongos contribuyen a mantener limpio nuestro planeta. Se alimentan de hojas y madera podridas, o de plantas y animales muertos. De este modo, eliminan muchos restos que, en caso contrario, no desaparecerían nunca. Los hongos son los microbios más respetuosos con el medio ambiente.

Además, los hongos tienen otra utilidad. Seguramente habrás oído hablar de los antibióticos, un nombre colectivo que abarca distintos medicamentos. Dichos medicamentos atacan a las bacterias malas o les quitan su alimento. Gracias a ellos, puedes curarte de una enfermedad causada por estas bacterias. Muchos de estos medicamentos contienen sustancias derivadas de un hongo (en el próximo capítulo explicaremos más cosas sobre este tema).

Los hongos también sirven, al igual que las bacterias, para elaborar comidas sabrosas. ¿Has probado alguna vez el queso azul? Está riquísimo con una rebanada de pan. Su sabor se debe a la levadura que lleva dentro. Y el vino o la cerveza con la que puede que tu papá o mamá acompañen el queso que comen tampoco existirían sin la levadura.

¡Pon a prueba tus conocimientos!

PREGUNTA 1: *¿De estos seres vivos cuáles no son microorganismos?*

A) Pájaros y mamíferos   B) Bacterias y virus   C) Hongos y levaduras

PREGUNTA 2: *Los virus son más grandes que las bacterias.*

A) Verdadero   B) Falso

PREGUNTA 3: *¿Dónde puedes encontrar microbios?*

A) En el aire   B) En los intestinos   C) En las rocas y las piedras   D) En todas partes

PREGUNTA 4: *Los microbios ya existían mucho antes que los humanos.*

A) Verdadero   B) Falso

PREGUNTA 5: *¿Cuál de estos microbios es un hongo?*

A) Bacteria de yogur   B) Parásito de la malaria   C) Levadura

PREGUNTA 6: *Con algunos hongos se elaboran medicamentos.*

A) Verdadero   B) Falso

PREGUNTA 7: *Las bacterias se parecen a...*

A) una croqueta   B) una albóndiga   C) un sacacorchos   D) Pueden tener todas estas formas

PREGUNTA 8: *Los científicos han descubierto todos los microbios que existen.*

A) Verdadero   B) Falso

PREGUNTA 9: *Un microscopio muy potente es un...*

A) microscopio electrónico   B) microscopio eléctrico   C) microscopio de electrodos

PREGUNTA 10: *Los virus nunca se parecen a un balón de fútbol.*

A) Verdadero   B) Falso

¿CÓMO SE PROPAGAN ESTOS MONSTRUITOS? ¿Y CÓMO PUEDO COMBATIRLOS?

1 ¿Hay bacterias masculinas y bacterias femeninas?

Las bacterias son asexuadas. Esto quiere decir que no hay bacterias machos y bacterias hembras. ¡Las bacterias no tienen sexo!

Las bacterias se reproducen partiéndose en dos. Estas dos nuevas bacterias se vuelven a partir y forman cuatro. Estas cuatro, ocho. Y así sucesivamente. Una bacteria se puede partir en dos cada veinte minutos. ¡Al cabo de diez horas, de una bacteria se han formado millones!

EXIGENTES Las bacterias solo se dividen en condiciones idóneas. En primer lugar, deben tener suficiente alimento. Las bacterias se alimentan con proteínas o carbohidratos. La carne, el pollo, el pescado, la leche, las verduras y la fruta son excelentes alimentos.

Una segunda condición previa importante es la temperatura: ni demasiado calor, ni demasiado frío.

Además, les gustan los ambientes húmedos. Ciertamente, las bacterias son bastante exigentes.

Si alguna de estas condiciones no se cumple, no pueden multiplicarse. Pero esto no significa que se mueran inmediatamente. Las bacterias pueden quedarse en un estado como si estuvieran «dormidas». Cuando las condiciones vuelven a mejorar, «se despiertan» y, rápidamente, continúan multiplicándose.

ESPORAS Algunos parásitos y levaduras se reproducen exactamente de la misma manera que las bacterias. Sin embargo, la mayor parte de hongos se multiplican por *esporas*. Las esporas son una especie de semillas que se desplazan con el viento y la lluvia. De esta manera, se forman nuevos hongos en otros lugares. Las setas también se propagan así. De hecho, las setas son un tipo de hongo, pero muy grande.

FOTOCOPIA Los virus no pueden reproducirse por sí mismos. Para hacerlo necesitan un huésped. Entran en una célula del huésped y aprovechan el material disponible. Los virus son como robots que irrumpen en una fábrica y hacen fotocopias de sí mismos. Las fotocopias, sus dobles, salen de la célula y se van a contaminar otras células.

Los microbios pueden multiplicarse, pues, a una velocidad increíble. Sin embargo, cuando en un sitio hay demasiados microbios, muchos mueren rápidamente porque se establece entre ellos una competencia por el alimento o el espacio. Pero, aunque se mueran, ¡a tu alrededor sigue habiendo millones de microbios!

2 ¿Pueden sobrevivir las bacterias en el Polo Norte?

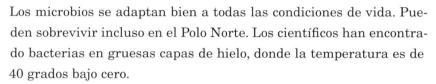

Los microbios se adaptan bien a todas las condiciones de vida. Pueden sobrevivir incluso en el Polo Norte. Los científicos han encontrado bacterias en gruesas capas de hielo, donde la temperatura es de 40 grados bajo cero.

Pero hay muchísimas bacterias que no pueden vivir en el Polo Norte. Eso explica que haya tan pocos seres vivos allí. A las bacterias no les gusta el frío, porque si hace frío no pueden multiplicarse rápidamente. La mayor parte de las bacterias para reproducirse necesitan una temperatura de entre 15 y 40 grados centígrados. Si la temperatura es más baja, la división es mucho más lenta.

EN EL FRIGORÍFICO Por eso conservamos en el frigorífico, que está siempre a menos de 7 grados, la comida que puede pudrirse. En el congelador, la temperatura es aún más baja. Por debajo de cero grados, las bacterias dejan de multiplicarse, pero no se mueren. Los científicos pusieron las bacterias halladas en el hielo en un medio cálido y, como por arte de magia, recobraron la vida y empezaron a multiplicarse.

Es por eso que la comida puede pudrirse fuera del congelador o de la nevera, pues se forman rápidamente millones de bacterias.

Algunas bacterias peligrosas se conservan en congeladores especiales, en los laboratorios. Como allí no pueden multiplicarse, son inofensivas. Pero las dejan vivas a fin de que los investigadores puedan estudiarlas.

EN LA OLLA A las bacterias no les pirra el frío, pero tampoco el calor tórrido. Por encima de los 40 grados tampoco pueden multiplicarse rápidamente y muchas incluso mueren.

Esta es una de las razones por las que hervimos, freímos o asamos casi todos los alimentos que comemos. Así matamos la mayoría de bacterias que están en nuestra comida y que podrían hacer que nos pusiéramos enfermos. Las bacterias dañinas que desearían instalarse en nuestro estómago o en nuestros intestinos se mueren a los 75 grados. La salmonela es una de ellas. Esta bacteria puede penetrar en nuestro organismo si comemos platos preparados con huevos crudos.

También hay algunas bacterias que contienen toxinas y que no se mueren todavía a los 75 grados. Para combatir este tipo de bacterias, se deben cocinar los alimentos a más temperatura o durante más tiempo.

En los laboratorios, los científicos destruyen las bacterias peligrosas de la misma manera. Meten los objetos en los que hay bacterias en una especie de lavavajillas llamado *autoclave*. El autoclave funciona como una olla a presión y genera temperaturas de 100 grados o más. Con tanto calor, las bacterias ya no sobreviven.

3 ¿Por qué tengo que lavarme las manos antes de comer?

«¿Te has lavado ya las manos?» Seguro que has oído esta frase un montón de veces, hasta la saciedad. Los adultos te preguntan siempre si te has lavado las manos, porque es muy importante.

¿POR QUÉ? En tus manos hay millones de microbios. La mayor parte de ellos son inofensivos, pero podría haber alguno que pudiera hacerte enfermar. Si no te lavas a menudo las manos, puedes pasar microbios dañinos a otras personas o te puedes poner tú mismo enfermo. Si te frotas los ojos o te tocas la nariz, los microbios pueden entrar en el organismo a través de las lágrimas o de las mucosidades. O pueden entrar por la boca, si comes algo con las manos sucias o si te lames los dedos sucios.

Puedes coger microbios patógenos tocando el pomo de una puerta o una barandilla que hayan tocado antes otras personas que no se han lavado bien las manos. Piensa en todo que has tocado hoy. ¿Cuántas personas han tocado estas mismas cosas antes que tú? ¿Verdad que no puedes saberlo?

Quizá hoy te has sonado la nariz con un pañuelo. Quizá después has salido fuera a jugar con la tierra. Hayas hecho lo que hayas hecho, has estado en contacto con microbios.

Por eso tienes que lavarte siempre las manos. ¡Si los microbios se van por el desagüe de la pila, no pueden poner enfermo a nadie!

¿CÓMO? Lávate las manos con agua caliente y jabón. Si solo utilizas agua, se van unos pocos microbios, pero la mayoría se quedan. Si quieres que

¿Cómo se propagan estos monstruitos?

se vayan todos, usa jabón. El jabón se pega a los microbios y, cuando te enjuagas las manos, se van con él.

Vigila que el agua no esté demasiado caliente. Si la temperatura no es agradable, te vas a lavar las manos poco tiempo o con poca meticulosidad. El lavado de manos tiene que durar, por lo menos, entre 10 y 15 segundos. Eso es más o menos lo que se tarda en cantar «Cumpleaños feliz».

No te laves solo las palmas de las manos, lávate también las muñecas. Y no te olvides de frotar bien entre los dedos y alrededor de las uñas. A los microbios les gusta esconderse ahí.

Enjuágate bien las manos, hasta que el jabón y los microbios se hayan ido. Por último, sécatelas con una toalla limpia.

¿CUÁNDO? Lávate las manos:

después de jugar fuera de casa

después de acariciar animales

después de toser, estornudar y de sonarte la nariz

después de visitar a un amigo o a un familiar enfermo

después de ir al lavabo

antes de comer

4 ¿Qué son los antibióticos?

Antibiótico es el nombre con el que se designan distintos tipos de medicamentos. Lo prescribe el médico cuando tienes una enfermedad causada por bacterias dañinas. Los antibióticos no funcionan contra los virus, los hongos ni los parásitos.

Los antibióticos actúan de manera diferente a la mayoría de los medicamentos. Normalmente un medicamento cura una enfermedad, pero los antibióticos no hacen eso. Entonces, ¿qué hacen? Los antibióticos matan las bacterias malas de tu cuerpo que originan la enfermedad o impiden que las bacterias puedan multiplicarse. Así el organismo tiene tiempo para volver a ponerse fuerte y actuar contra las bacterias malas.

Por tanto, no son los antibióticos los que te curan. Te curas tú mismo. Los antibióticos solo te echan una mano. Imagina que tu cuerpo fuera una fortaleza. En la sangre tienes glóbulos blancos, que son los soldados que defienden la fortaleza. Bien, pues los antibióticos son soldados de un castillo amigo que acuden en tu ayuda: reducen el número de asaltantes, de manera que tus soldados rápidamente son más y se encargan ellos mismos de acabar con el resto de atacantes.

¿Y quieres saber por qué tienes que comer mucho yogur cuando tomas antibióticos? Los antibióticos también atacan a las bacterias buenas de tus intestinos, ya sabes, las bacterias que te ayudan a digerir los alimentos. El yogur contiene muchas bacterias buenas que ayudan a recuperar el equilibrio en los intestinos. Imagina, de nuevo, que tus intestinos son un gran aparcamiento y las bacterias son automóviles: las bacterias buenas del yogur ocupan todas las plazas de aparcamiento y las bacterias malas encuentran cada vez menos sitio para aparcar.

MICROBIO CONTRA MICROBIO La sustancia antibiótica que ataca a las bacterias puede ser de origen natural. Pero, a veces, también es una sustancia que los científicos han creado en un laboratorio.

En los primeros antibióticos había sustancias naturales derivadas de microorganismos, es decir, de otros microbios. Para eliminar a un microbio malo, le enviamos una sustancia hecha con un microbio bueno.

PENICILINA El primer antibiótico salió al mercado durante la Segunda Guerra Mundial. El científico británico Alexander Fleming descubrió la sustancia en 1929, por casualidad. En su laboratorio estudiaba las bacterias y los hongos. Un día dejó, sin querer, un hongo cerca de un grupo de bacterias. Al día siguiente, todas las bacterias que estaban alrededor del hongo habían desaparecido. Era evidente que el hongo secretaba una sustancia que podía matar a las bacterias. Fleming llamó a esta sustancia *penicilina*.

Descubrió que aquella sustancia podía matar muchos tipos de bacterias y pensó que podría ser un medicamento óptimo. Pero no fue hasta 1940 cuando otros investigadores lograron convertir la sustancia en un medicamento. En 1945, Fleming y estos investigadores recibieron el Premio Nobel de Medicina.

5 ¿Qué sucede cuando me ponen una vacuna?

Seguramente no te gusta que te pinchen. Lógico, una aguja en el brazo duele un poco. ¡Pero gracias a las inyecciones se evitan algunas enfermedades! Piénsalo bien: un pequeño pinchazo es mucho mejor que ponerse enfermo.

Muchas enfermedades han desaparecido porque a los niños se les ha puesto una inyección contra ellas. Esta inyección se llama *vacuna*.

VIRUS DEBILITADO ¿Qué es una vacuna? Es un virus «debilitado» que se suministra a tu organismo. Como es tan débil, no te pone enfermo. En realidad, tiene el efecto contrario: gracias a él, tu organismo empieza a producir anticuerpos.

Imagínate de nuevo que tu cuerpo es una fortaleza. Desde la torre de vigilancia, un soldado ve que un virus pequeño y débil se acerca. Él solo podría vencerlo, pero piensa que quizá, después de él, pueden llegar otros virus grandes y fuertes. Así que avisa a todos los soldados del castillo y, juntos, derrotan al virus débil. Y no solo esto: los soldados aprenden cómo es el virus y cómo pueden vencerlo.

Luego, cuando otros virus grandes y fuertes quieran conquistar el castillo, no tendrán ninguna posibilidad. Tu ejército va a ser suficientemente numeroso y, además, ya reconocerá a los virus. Es decir, serás *inmune*. No podrás contraer la enfermedad. Y si la contraes, será de una forma leve.

Esto es lo que ocurre a veces con la varicela. Aunque estés vacunado puedes contraerla, pero te pones menos enfermo que si no estuvieras vacunado. Tendrás mucho menos sarpullido, ¡y menos sarpullido significa menos picor!

¿ME LO HE QUITADO DE ENCIMA? La mayoría de vacunas se ponen antes de cumplir los dos años. Después ya no te ponen tantas. ¡Se acabó! Solo algunas se tienen que repetir. A los doce tienes que volver a vacunarte del tétanos. El tétanos es una enfermedad causada por una bacteria que puede entrar en tu cuerpo, por ejemplo, si te haces una herida con un clavo oxidado.

Otra vez me van a pinchar y me van a hacer daño, pensarás. Quizá sí. A veces, después de la inyección, te queda el brazo enrojecido un tiempo. Y, a menudo, te queda un bultito en el punto donde el médico te pinchó. Pero normalmente el dolor después de una inyección se va muy deprisa.

Es posible que las inyecciones te resulten desagradables, pero piénsalo bien: sin ellas, podría ser mucho peor.

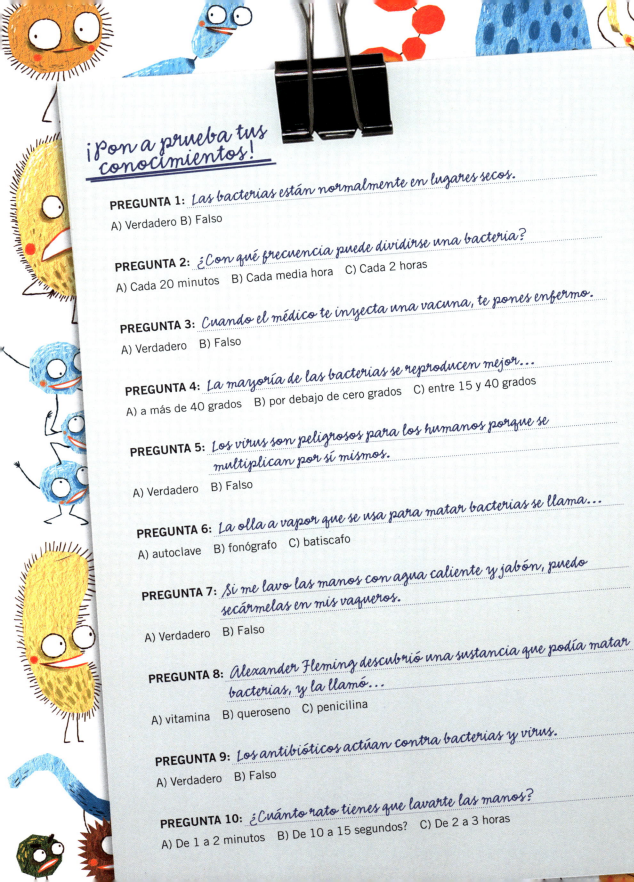

¡Pon a prueba tus conocimientos!

PREGUNTA 1: *Las bacterias están normalmente en lugares secos.*

A) Verdadero B) Falso

PREGUNTA 2: *¿Con qué frecuencia puede dividirse una bacteria?*

A) Cada 20 minutos B) Cada media hora C) Cada 2 horas

PREGUNTA 3: *Cuando el médico te inyecta una vacuna, te pones enfermo.*

A) Verdadero B) Falso

PREGUNTA 4: *La mayoría de las bacterias se reproducen mejor...*

A) a más de 40 grados B) por debajo de cero grados C) entre 15 y 40 grados

PREGUNTA 5: *Los virus son peligrosos para los humanos porque se multiplican por sí mismos.*

A) Verdadero B) Falso

PREGUNTA 6: *La olla a vapor que se usa para matar bacterias se llama...*

A) autoclave B) fonógrafo C) batiscafo

PREGUNTA 7: *Si me lavo las manos con agua caliente y jabón, puedo secármelas en mis vaqueros.*

A) Verdadero B) Falso

PREGUNTA 8: *Alexander Fleming descubrió una sustancia que podía matar bacterias, y la llamó...*

A) vitamina B) queroseno C) penicilina

PREGUNTA 9: *Los antibióticos actúan contra bacterias y virus.*

A) Verdadero B) Falso

PREGUNTA 10: *¿Cuánto rato tienes que lavarte las manos?*

A) De 1 a 2 minutos B) De 10 a 15 segundos? C) De 2 a 3 horas

¿POR QUÉ EL VIRUS DE LA GRIPE REAPARECE TODOS LOS AÑOS?

1 ¿Cuántos tipos de virus de la gripe existen?

El virus que causa la gripe se llama *influenza*. Hay tres tipos: influenza A, B y C.

El virus A te pone muy enfermo. El del tipo B es menos grave. Y si te contagias con el virus C, la gripe es más leve que con los virus A y B.

Los tres virus son igual de contagiosos: los tres pasan fácilmente de una persona a otra. La gripe puede contagiar en algunas semanas a entre el cinco y el diez por ciento de la población. La buena noticia es que la gripe se cura sola. Sueles tener dolor muscular, dolor de cabeza y, casi siempre, fiebre. Pero, al cabo de unos días, tu cuerpo derrota al virus y vuelves a estar fuerte como un roble. Por lo menos, esto es lo que ocurre normalmente.

LA GRIPE ESPAÑOLA En 1918 las circunstancias eran muy distintas. Un virus muy dañino recorrió Europa y se cobró casi tantas víctimas como la Primera Guerra Mundial, que aquel mismo año todavía no había acabado. Después de la guerra, el virus se propagó por todo el mundo y acabó con la vida de entre veinte y cuarenta millones de personas. ¡Casi tanta gente como la que vive actualmente en España!

Esta gripe fue llamada *gripe española* pero, en realidad, vino de Estados Unidos. Se expandió entre los soldados estadounidenses, y estos la trajeron a Europa cuando vinieron a luchar. La enfermedad se contagió rápidamente a soldados de otros países. También a los alemanes, los enemigos de los estadounidenses.

Al principio el virus no era letal, pero esto cambió. Cuando se vio que empezaban a morir soldados, los periódicos españoles se mostraron muy alarmados. España no participaba en la guerra, de modo que la prensa española podía hablar del tema con normalidad. En cambio, la prensa estadounidense y la alemana no podían hacerlo. No querían que el enemigo leyera en sus periódicos que tenían bajas en sus filas por culpa de una enfermedad. Por eso, la enfermedad recibió el nombre de *gripe española*.

La gripe española empezó como una gripe normal. La persona enferma tenía fiebre, dolor muscular y dolor de garganta. Luego se encontraba muy cansada. Tan cansada que no podía comer ni beber. Después le costaba cada vez más respirar. Al cabo de unos días, moría.

La Primera Guerra Mundial finalizó en noviembre de 1918. Soldados de distintos países regresaron a casa infectados por el virus. En muy poco tiempo, la gripe española se propagó por todo el mundo.

LA GRIPE ASIÁTICA Otro tipo de gripe que se extendió por todo el mundo fue la gripe asiática. Esto ocurrió en 1957 y le costó la vida a un millón de personas, aproximadamente.

En 1968, la gripe de Hong Kong se propagó por todo el mundo y también causó un millón de víctimas

La gripe española, la asiática y la de Hong Kong fueron enfermedades excepcionales. Fue un nuevo tipo de virus de la gripe cada vez más fuerte. ¿Por qué la gripe española fue la más mortífera? Los científicos todavía no lo han averiguado.

2 ¿Cómo se contrae la gripe?

Te duele todo el cuerpo. Tienes fiebre, toses y estornudas. Quizá también te duelan los oídos o la garganta. Pues ya sabes, tienes la gripe, el virus de la gripe te ha infectado. ¿Cómo ha podido ocurrir?

Probablemente un virus ha entrado en tu organismo con la mucosidad de otra persona. ¡Puaj! ¡Qué asco! Sí, pero así son las cosas.

MOCO VOLADOR Cuando una persona tiene la gripe suele toser o estornudar, y unas gotitas muy diminutas de mucosidad vuelan por la estancia. Van muy rápidamente, a la misma velocidad que una pelota de tenis cuando la golpeas. No las ves, no las notas. ¡Pero estas gotitas están cargadas de virus!

Tú respiras, sin saberlo, algunas gotitas. O quizá te van a parar a las manos y, al cabo de un rato, te rascas la nariz o la cara. Y ya tienes la gripe. Un poco después, abres la puerta. Los virus se quedan ahora en el pomo. Después de ti, otra persona abre la puerta, y los virus pasan a su mano. Y así va pasando el virus de persona en persona.

Por tanto, lávate las manos a menudo. Y si estornudas o toses, utiliza siempre un pañuelo. Así detienes los virus y no los transmites.

SUBE EL TERMOSTATO ¿Los virus han entrado en tu organismo? Entonces no tardarás en tener fiebre. Y eso es bueno. Así es como tu organismo te dice que está enfermo. Si no tuvieras fiebre, probablemente no sabrías que te has infectado con un virus. Con la fiebre tu cuerpo también se enfrenta a los virus, porque a los virus no les gusta el calor.

Por eso, el cerebro, a partir del momento en que hay un virus en el organismo, sube un poco la temperatura del termostato hasta los 38 o 39 grados, en lugar de 37. Entonces el cuerpo empieza a producir más calor, pero tú sientes escalofríos. Una vez que el cuerpo ha alcanzado la temperatura de 38 o 39 grados, la sensación de frío desaparece.

Cuando la gripe está curada, el cerebro vuelve a graduar el termostato a la temperatura normal. Ahora ya no tienes escalofríos. Al contrario, debes eliminar el exceso de calor. Por eso empiezas a sudar.

La gripe normalmente se cura sola. Al cabo de una o dos semanas, te encuentras mejor. No es necesario tomar ningún medicamento. Basta con descansar y beber mucho.

Los bebés que padecen enfermedades crónicas, así como personas de grupos de riesgo y personas mayores, pueden enfermar gravemente a causa de la gripe. Por eso, lo mejor que pueden hacer es vacunarse. La vacuna evita que se contraiga la enfermedad o hace que, si se contrae, sea más leve. Para darles tiempo de fabricar anticuerpos, la vacuna contra la gripe se administra con antelación. Como normalmente la gripe aparece a finales de otoño, la vacunación se suele realizar en octubre o noviembre.

3 ¿Qué es la gripe intestinal?

Tienes retortijones. Estás mareado. Tienes ganas de vomitar. O diarrea. Puede que tu madre te diga: «Eso es una gripe intestinal».

En realidad, la gripe intestinal no es una gripe. Es una enfermedad causada por un virus, pero diferente del de la gripe. Aunque le llamemos *gripe intestinal*, se trata de una infección intestinal.

Hay muchos tipos de virus que pueden provocar gripe intestinal. El peor es el rotavirus. Este virus afecta, sobre todo, a niños y niñas de seis meses a dos años de edad que viven en países en vías de desarrollo. Cada año mueren dos millones de niños y niñas por culpa de este virus. Desde 2006 hay una vacuna contra el rotavirus.

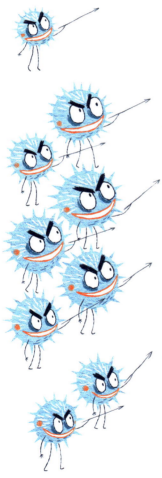

TRUCO Los adultos no tienen infecciones intestinales tan a menudo. La mayoría de niños tienen todos los años problemas de este tipo. Normalmente en invierno. Es normal, es un truco de la naturaleza para que tu cuerpo aprenda así a reconocer las enfermedades y a luchar contra ellas.

No existen medicamentos contra las infecciones intestinales. Hay pastillas para cortar la diarrea, pero que no curan la gripe intestinal. Eso lo tiene que hacer tu propio cuerpo. Normalmente estás malo un par de días, y después te vas encontrando mejor.

Cuando tienes gripe intestinal, debes descansar mucho. Si vomitas, lo mejor es que no comas alimentos sólidos. Y si tienes diarrea, no comas nada. En ambos casos debes beber mucha agua. El té, los zumos de fruta y los yogures bebibles también sientan bien. Cuando tienes diarrea o vomitas, tu cuerpo pierde mucha agua y, si no bebes suficientemente, puedes deshidratarte.

Cuando ya no vomites, empieza tomando una taza de caldo o una sopa. Si te sienta bien, puedes comer una tostada o un plátano. El arroz también te irá bien. Pero no comas verduras crudas ni patatas, porque tus intestinos todavía no están preparados. Poco a poco, volverás a digerir con normalidad y podrás comer de todo otra vez.

MANOS SUCIAS La infección intestinal es muy contagiosa. La persona que la tiene puede contagiar fácilmente a otra. En los lugares donde hay muchas personas —por ejemplo, en el colegio— el virus se propaga muy rápidamente. El virus está en las heces de las personas infectadas. A veces quedan restos en las manos o en algún objeto. Puedes contaminarte al dar la mano a alguien, al tocar el pomo de una puerta o al jugar con algún juguete sucio.

Esta es otra razón por la que debes lavarte las manos cuando vas al servicio. Si no lo haces, corres el riesgo de pasar unos días sentado en el váter… ¡con gripe intestinal!

4 ¿Un resfriado también es una gripe?

Seguro que tu padre o tu madre te habrán dicho alguna vez que, si sales con el pelo mojado de la piscina y te da el aire, puedes resfriarte. Pero esto no es verdad. Tú no te resfrías por el frío. Te resfrías porque te contagias de un virus. Te pica la garganta y la nariz, y te duelen los oídos. Igual que una gripe. Un resfriado es una forma de gripe mucho más leve.

Hay muchos tipos de virus que originan resfriados. ¡Más de doscientos! Y precisamente porque hay tantos, no existe una vacuna contra el resfriado.

NAVE ESPACIAL Casi todos los niños se resfrían dos o tres veces cada año. ¿Cómo te resfrías? Sucede lo mismo que con la gripe. Los virus están en las mucosidades que quedan flotando en el aire de la estancia cuando alguien que está resfriado ha tosido. Al respirar, inhalas los virus. O también se te pueden pegar al tocar una silla del colegio, el pomo de una puerta o la pantalla de un videojuego. Primero tocas estas cosas y luego te llevas la mano a la nariz. El virus aterriza en tu nariz, igual que una nave espacial en la Luna. Inmediatamente, el virus empieza a producir más virus y, al cabo de dos días, ya estás resfriado.

No hay ningún medicamento para curar el resfriado. No hace falta. Tu cuerpo es la mejor medicina. A partir del momento en que el virus entra en tu nariz, tu cuerpo se pone en marcha. ¿Te acuerdas de los anticuerpos? ¿Los soldados que defendían tu cuerpo? Ellos van a encargarse de matar a los virus.

¡**ACHÍS**! Pero tu cuerpo hace aún más. Se encarga de que salgan mucosidades de tu nariz y de hacerte estornudar. De esta manera, los virus no van más allá de la nariz o la garganta y no invaden otras partes del organismo. Por tanto, un resfriado no es otra cosa que una reacción del cuerpo para deshacerse de los virus. Los virus salen al exterior cuando estornudas o cuando te suenas la nariz, con las mucosidades.

Un resfriado dura entre cinco y siete días. Durante este tiempo debes descansar y, sobre todo, no te pongas nervioso. Lee un libro. Este, por ejemplo. Escucha música o ve una película. Para aliviar el dolor de garganta toma bebidas calientes: té con miel o consomé. ¡Y no te olvides de sonarte la nariz! Es la mejor manera de expulsar el virus. ¡Pero usa un pañuelo! Si estornudas, usa también un pañuelo. O si no, pon las manos delante de la boca y la nariz, y después lávatelas. Si no lo haces, puedes contagiar a otras personas tu resfriado. Y eso no está bien.

5 ¿Las personas pueden contagiarse de la gripe aviar?

Seguro que alguna vez has oído hablar de la *gripe aviar* en las noticias. Es una gripe que afecta a las aves. De ahí el nombre. Es una gripe muy diferente de la gripe de los humanos. El virus que causa la enfermedad se llama H5N1.

Existen distintos tipos de este virus. Los más fuertes pueden acabar con la vida de todo un gallinero en pocos días. Con los otros tipos, las aves solo se ponen enfermas.

DE AVE A AVE Hasta ahora, la gripe aviar solo ha pasado de un ave a otra ave. Y solo en casos aislados se ha transmitido a seres humanos. Pero un humano no puede contagiar a otro humano. Solo puede contagiarse de un ave.

La mayor parte de aves enfermas se encuentran en Asia. Podría suceder que los granjeros que tienen gallinas se contagien, pero eso, de momento, solo ha ocurrido en Asia.

Sin embargo, el virus se propaga, y las aves de otros lugares también tienen la gripe aviar. ¿A qué se debe? La explicación está en las aves migratorias. En otoño estas aves se desplazan hacia el sur para pasar el invierno, y en primavera regresan. Supongamos que un ave migratoria coge el virus en Turquía. En primavera vuela al norte de Europa llevando consigo la enfermedad y, durante el viaje, a su paso por otros países, también puede infectar a otras aves. Algunas aves migratorias cubren distancias muy largas, viajan durante semanas y tienen que descansar regularmente. Ahora imagina: un ave infectada descansa en una granja donde hay gallinas. Las gallinas se contaminan y, así, el virus va pasando de ave en ave.

CONFINAMIENTO AVIAR Para evitar que las gallinas se contagien por el contacto con aves migratorias, deben permanecer encerradas. Esta medida recibe el nombre de *confinamiento aviar*. Si, a pesar de todo, algunas gallinas se contagian y mueren, el granjero no puede tocarlas, a no ser que lleve guantes de goma. Los animales muertos o enfermos son evacuados y eliminados para que el virus no se propague.

¿Tienes un canario o un periquito en casa, o cualquier otro pájaro? Pon su jaula siempre dentro de casa. Así otros pájaros no podrán acercarse a él. Mantén la jaula siempre limpia y lávate las manos cuando toques el pájaro. Lavarte las manos es la mejor manera de protegerte a ti mismo contra las enfermedades.

¿Vas a viajar a un país donde ha habido gripe aviar? No te acerques a sitios en los que haya gallinas, patos, gansos, palomas, pavos y aves silvestres. Tampoco vayas a las granjas ni a mercados de pájaros.

POLVO En la mayoría de países, la probabilidad de contraer la gripe aviar es muy baja. Incluso en Asia hay muy pocos contagios. Lo que ves en la televisión o lees en los periódicos suelen ser los peores casos, así que no te preocupes demasiado.

Y, para que te quedes totalmente tranquilo, debes saber que, en 1914, unos científicos holandeses desarrollaron unos polvos que, esparcidos por encima de las gallinas y otras aves, evitan que se pongan enfermas.

¡Pon a prueba tus conocimientos!

PREGUNTA 1: ¿Cuál es el virus de la gripe que te pone menos enfermo?

A) Influenza A   B) Influenza B   C) Influenza C

PREGUNTA 2: La gripe intestinal es, en realidad, una infección intestinal.

A) Verdadero   B) Falso

PREGUNTA 3: ¿Qué gripe se propagó por todo el mundo en 1968?

A) Gripe asiática   B) Gripe española   C) Gripe de Hong Kong

PREGUNTA 4: Si sales de la piscina con el cabello mojado puedes resfriarte.

A) Verdadero   B) Falso

PREGUNTA 5: ¿Cómo se llama el virus que causa la gripe aviar?

A) H5N1   B) G5N1   C) H6N1

PREGUNTA 6: Los bebés con enfermedades crónicas y los ancianos se pueden poner muy enfermos por una gripe normal.

A) Verdadero   B) Falso

PREGUNTA 7: ¿Qué debes hacer a menudo si tienes gripe intestinal?

A) Comer   B) Jugar   C) Beber

PREGUNTA 8: Las aves migratorias llevan la gripe aviar de un país a otro.

A) Verdadero   B) Falso

PREGUNTA 9: ¿Cómo se suele propagar el virus de la gripe?

A) Mediante la mucosidad de otra persona   B) Tocando el pomo de una puerta
C) Jugando con una videoconsola   D) Las tres respuestas anteriores son correctas

PREGUNTA 10: La probabilidad de contraer la gripe aviar es, en casi todos los países, muy alta.

A) Verdadero   B) Falso

¿QUÉ MICROBIOS PUEDEN RESULTAR MORTALES?

1 ¿Qué virus provoca el sida?

La mayoría de microbios no solo son inofensivos, sino que incluso son útiles. Pero la naturaleza nos ha endosado algunos auténticos monstruos microscópicos: microbios que nos provocan vómitos, úlceras o nos hacen sangrar; microorganismos que provocan enfermedades terribles y que nos ponen tan enfermos que pueden causarnos la muerte.

Uno de estos monstruos microscópicos es el virus de inmunodeficiencia humana (VIH), que provoca el sida. Esta enfermedad se declaró en 1985 y pronto se expandió por todo el mundo. Hasta la fecha ha causado la muerte de más de veinte millones de personas; más de treinta millones son portadoras del virus, y la cantidad de fallecidos continuará aumentando en los próximos años.

SOLDADOS El virus no mata directamente a las personas. Actúa de una manera muy astuta. Se introduce en el organismo y destruye el sistema inmunitario, el encargado de combatir a los intrusos.

Cuando los agentes patógenos entran en el organismo, este fabrica anticuerpos para neutralizarlos. Recuerda que los anticuerpos son los soldados que defienden la fortaleza (tu cuerpo).

Pues bien, el VIH infecta o mata a los soldados y, como quedan pocos soldados supervivientes, otros invasores pueden entrar fácilmente en el castillo. El VIH abre la puerta de la fortaleza. Eso significa que la persona infectada no puede defenderse de otros microbios que provocan enfermedades.

En el cuerpo de un paciente de sida entran todos los agentes patógenos. Por eso los enfermos de sida mueren a menudo de afecciones pulmonares, de infecciones de la piel o de otras enfermedades.

El virus de inmunodeficiencia humana destruye la inmunidad del cuerpo muy lentamente. No mata a todo el ejército defensor de golpe. Por eso, la persona infectada por el virus no enferma inmediatamente. El sida es una enfermedad que dura años.

UN DINERAL Hoy en día existen medicamentos que intentan combatir el VIH. No curan la enfermedad, pero permiten mantenerla bajo control. La persona infectada tiene que tomar estos medicamentos cada día, durante toda su vida. Desgraciadamente, cuestan un dineral. En los países pobres, como los de África, la gente enferma no los puede pagar. Y es precisamente allí donde el VIH se propaga a mayor velocidad. Por tanto, África es donde la temida enfermedad se cobrará más muertes en los próximos años.

2 ¿Qué es la peste?

El virus de inmunodeficiencia humana es el virus más terrible de nuestro tiempo. Pero en la Edad Media también hubo microbios muy mortíferos, como la bacteria que causa la peste. ¡En pocos años, entre 1347 y 1351, la peste negra causó alrededor de 75 millones de muertes en todo el mundo!

La peste surgió en Asia. En Europa, el primer foco se registró en Italia, y desde allí se propagó por el norte de África, España, Francia y Suiza. Desde Suiza se desplazó hacia el este, a Hungría. Durante un tiempo pareció que la enfermedad iba a desaparecer, pero al cabo de un año llegó a Inglaterra y a Escocia; y de allí pasó a Noruega, a Suecia y, por último, a Rusia.

CASTIGO DIVINO Se calcula que la peste causó la muerte de un tercio de la población europea. En la Edad Media todavía no se sabía de dónde venía la peste y, al principio, se creyó que era un castigo de Dios.

Sin embargo, no solo murieron ateos a consecuencia de la peste, también murieron muchos creyentes. Y eso sembró muchas dudas. Luego se echó la culpa a los judíos, y se les acusó de envenenar los pozos de agua. Los culparon porque enfermaban menos. Pero eso se debía a que tenían hábitos mucho más higiénicos que los demás: tenían sus casas y, sobre todo, sus cocinas más limpias, y también se lavaban más a menudo.

En realidad, la responsable de la peste era una bacteria que llegó a las personas a través de las pulgas de ratas contagiadas. Si una pulga chupa la sangre de una rata enferma y luego pica a un humano, le transmitirá la bacteria. La enfermedad tiene dos formas: la peste bubónica y la peste neumónica.

PESTE BUBÓNICA Las bacterias provocaban hinchazones dolorosas (bubones) en las axilas, el cuello y las ingles del enfermo que podían llegar a tener el tamaño de un huevo. A veces se abrían y expulsaban pus y sangre. Los vasos sanguíneos supuraban sangre, que se coagulaba bajo la piel, dándole un tono oscuro. Por eso se le llamaba *peste negra* o *muerte negra*. La persona que contraía la peste bubónica moría en una semana.

PESTE NEUMÓNICA En algunos casos, las bacterias de la peste afectaban a los pulmones. El enfermo empezaba a sudar mucho y vomitaba sangre. Los pulmones se llenaban lentamente de sangre. Casi nadie sobrevivía a la enfermedad.

La bacteria de la peste es el microbio más letal jamás conocido por el ser humano, aunque existe la posibilidad de que el virus del sida supere a la peste en número de víctimas. Actualmente la peste todavía sigue activa, pero está bajo control gracias a los antibióticos.

3 ¿Cómo se contrae la malaria?

Cada año, entre trescientos y quinientos millones de personas contraen esta enfermedad, y más de un millón mueren.

La malaria está presente en países cálidos y húmedos. La mayoría de víctimas viven en África y en Sudamérica. Pero en nuestro país también se dan casos. Se trata de personas que se infectan en países cálidos y que, a su vuelta, traen la enfermedad consigo. Ha habido incluso algunas muertes.

VIAJERO El microbio que causa la malaria es un parásito. Un parásito solo puede sobrevivir gracias a un huésped, en este caso el ser humano. Pero invadir el organismo de un humano no siempre es fácil. Por eso el parásito de la malaria viaja con un mosquito. Cuando un mosquito pica a un humano, el parásito se cuela rápidamente dentro de su organismo. De esta manera, se propaga de humano en humano. Cada mosquito que pica a alguien que está infectado transmite el parásito a la siguiente persona a la que pica.

Una vez dentro del cuerpo de la persona, el parásito de la malaria se instala en el hígado. Allí, poco a poco, empieza a multiplicarse. ¡Al cabo de una semana ya son miles! Este pequeño ejército pasa a la sangre y mata los glóbulos rojos. Al cabo de pocos días se manifiesta la enfermedad.

La malaria provoca escalofríos y, seguidamente, fiebre. Los síntomas se parecen a los de la gripe. A menudo también tiene dolor de cabeza y dolor muscular y, a veces, vómitos o diarrea. Si toma los medicamentos adecuados, puede curarse en dos semanas. Pero sin medicación, puede morir.

MOSQUITERA Si viajas a un país en el que hay malaria, debes tomar precauciones. Cada mosquito que te pique puede transmitir la malaria.

Así que mantén estos animalitos a raya. Ponte repelente de insectos para que no se te acerquen. Y usa también una mosquitera para dormir, porque por la noche los mosquitos están muy activos. Además, cuando anochece conviene vestirse con ropa que cubra todo el cuerpo.

A pesar de todas estas precauciones, puedes sufrir alguna picadura. Por eso es importante que, antes de partir, te procures pastillas contra la malaria.

Muchas muertes de personas que viajan a países donde hay malaria se habrían podido evitar si hubiesen tomado estas pastillas. En algunos casos, las personas afectadas no reconocen los primeros síntomas de la enfermedad, creen que se trata de una gripe y, por culpa de eso, empiezan el tratamiento demasiado tarde.

Los habitantes de los países donde hay malaria pueden enfermar varias veces seguidas, y no llegan a recuperarse totalmente entre un episodio y el siguiente. Los niños y niñas que viven en países pobres tienen muchas más probabilidades de morir, puesto que ya están débiles por la falta de alimentos.

4 ¿Cuáles son los peores virus?

Uno de los peores virus que existe en la Tierra es el Ébola. Este virus pertenece al grupo de los que causan hemorragias internas. El enfermo sangra por todos los orificios corporales: la boca, la nariz… ¡e incluso los ojos!

Si estás infectado de Ébola, solo tienes una posibilidad sobre diez de sobrevivir. O lo que es lo mismo, nueve de cada diez personas enfermas mueren. De ahí que el Ébola sea uno de los virus más letales que se conocen. La enfermedad es incurable. No existe ningún medicamento para combatirla. El virus apareció por primera vez en 1976 en Sudán. En el siglo XXI ha habido varios brotes en el Congo, donde, en el verano de 2019, hubo más de 1500 muertes por el virus.

TROZO DE CUERDA El virus del Ébola es filiforme. Si lo miras en el microscopio parece un trozo de cuerda.

Se aloja en el hígado del enfermo y desde allí infecta otros órganos. Los virus provocan fisuras en los vasos sanguíneos que causan hemorragias. La enfermedad se manifiesta primero con fiebre, intenso dolor de cabeza y fuertes punzadas por todo el cuerpo. Al cabo de dos o tres días, se produce la muerte. En la fase final, el enfermo sangra por los orificios corporales.

EL MURCIÉLAGO HUÉSPED El virus del Ébola aparece cada cierto tiempo. ¿Dónde está mientras tanto? Los científicos todavía no se han puesto de acuerdo. Unos piensan que el virus sobrevive en los monos. Otros creen que se esconde en los murciélagos. Una investigación demostró que determinadas especies de murciélagos tienen anticuerpos contra el Ébola. Si les entra el virus en el cuerpo, no se ponen enfermos. Por tanto, podría ser que el murciélago fuera el huésped natural del virus del Ébola. Pero no se sabe seguro.

INCURABLE No existe ninguna medicación para curar el Ébola, aunque los investigadores la siguen buscando. Las personas que han sobrevivido a esta enfermedad nunca vuelven a infectarse una segunda vez. Quizá el cuerpo humano, al cabo de un tiempo, puede alcanzar una protección suficiente, como ocurre con otras enfermedades como, por ejemplo, la gripe convencional. Pero eso tampoco se sabe.

Aunque los brotes de Ébola no son frecuentes, es mejor no cruzarse con este virus. Es un tipo malo donde los haya.

CORONAVIRUS Y COVID-19 Si observamos el virus en un microscopio, sus protuberancias externas parecen una especie de corona, de ahí su nombre. En 2002, un coronavirus originó la afección pulmonar SARS (abreviación de *Severe Acute Respiratory Syndrome*) y causó la muerte de unas 800 personas, principalmente en China. Fue la primera vez que los humanos se infectaron con un coronavirus mortal.

En diciembre de 2019, apareció el nuevo coronavirus SARS-CoV-2 en China. A principios del 2020, el virus se extendió y azotó gran parte del mundo. Las personas infectadas presentaban los siguientes síntomas: mucosidad, tos, fiebre, dolor de garganta, dolor muscular y, a veces, problemas respiratorios, como si tuvieran una gripe normal. Sin embargo, algunos pacientes sufrían una infección pulmonar y morían. Entonces los médicos se dieron cuenta de que nos encontrábamos ante una nueva enfermedad y le pusieron el nombre de COVID-19 (acrónimo de *coronavirus disease 2019,* enfermedad del coronavirus 2019).

EL PANGOLÍN DE WUHAN Parece que las primeras personas que contrajeron la enfermedad habían visitado todas ellas un mercado de animales vivos en Wuhan, una ciudad china de diez millones de habitantes.

Algunos científicos sostienen que este nuevo coronavirus saltó de un animal a un humano en el mercado de Wuhan; probablemente de un murciélago o de un pangolín.

PANDEMIA Después de China, el virus se extendió por otros países asiáticos, y luego por Europa, América y el resto del mundo. Durante el primer semestre de 2020 se superaron los diez millones de personas contagiadas y los 500.000 muertos en todo el mundo. El coronavirus se convirtió, por lo tanto, en una *pandemia*. Esto significa que es una enfermedad infecciosa que se extiende por casi todo el mundo.

MANTÉN LA DISTANCIA ¿Cómo se transmite el coronavirus? Igual que una gripe normal: por las partículas de las mucosidades que quedan flotando en el aire cuando alguien tose o estornuda. Por esta razón, en tiempos de epidemia de coronavirus es muy importante lavarse las manos bien y con frecuencia, y protegerse y proteger a los demás llevando una mascarilla, sobre todo, en espacios públicos cerrados. En la calle, es mejor que no te toques la cara. Si estornudas y no llevas mascarilla, tápate la boca con el codo. Usa un pañuelo de papel y tíralo y no estreches la mano a nadie. En la calle es recomendable mantener una distancia de seguridad respecto a las otras personas.

UN VIRUS MORTÍFERO Y TRAICIONERO Cuando tienes el virus, la enfermedad tarda cinco días en manifestarse. A veces incluso dos semanas. Hay personas que, aunque estén contagiadas, ni siquiera se ponen enfermas; así que puede que se encuentren bien y que vayan contagiando a otras sin saberlo. El coronavirus es, por lo tanto, un virus mortífero y muy traicionero. Normalmente los niños no se ponen muy enfermos. En cambio, otras personas, sobre todo ancianas, pueden enfermar gravemente y morir. Por eso es mejor no visitar a los abuelos cuando el coronavirus ronda por ahí.

¡QUÉDATE EN CASA! No existe ningún medicamento contra el coronavirus. Por eso es importante que haya el menor número posible de personas contagiadas. Si enferman muchas personas al mismo tiempo, los hospitales no pueden atenderlas a todas. De modo que los gobiernos de muchos países decidieron limitar al máximo el contacto entre personas, bajo el lema «¡Quédate en casa!», y procedieron en muchos casos a cerrar sus fronteras exteriores y a disminuir los movimientos de personas en su interior. Las personas fueron confinadas como las gallinas en su gallinero con la gripe aviar.

¡PAPEL HIGIÉNICO, LO PRIMERO! Durante una pandemia la gente a veces siente pánico. De repente, le entra miedo de que las tiendas cierren y se queden sin comida. Al inicio de la crisis del coronavirus, la gente vació los supermercados y acaparó arroz y pasta. Así acumuló provisiones para mucho tiempo. Igual que los hámsteres. Lo curioso fue que el papel higiénico también se agotó en un pispás.

EN BUSCA DE UNA VACUNA Tras pasar semanas o meses de confinamiento, muchos países donde la pandemia ha remitido han procedido a relajar las medidas de confinamiento. Pero en los lugares donde no se puede mantener la distancia de seguridad sigue siendo obligatorio el uso de una mascarilla. Esto ocurre, por ejemplo, en los transportes públicos y en los centros de trabajo. El nuevo coronavirus todavía no ha sido derrotado. Los científicos buscan un remedio para que no enfermemos de coronavirus: una *vacuna*.

5 ¿A qué virus ha vencido la ciencia?

Todavía no se ha encontrado un remedio contra el Ébola, el VIH o el coronavirus; pero contra muchos otros virus la ciencia sí que ha conseguido desarrollar una vacuna. Y esta vacuna es la que te pone el personal médico con una jeringa.

Las inyecciones no son agradables, pero son necesarias. Gracias a la vacunación, hay enfermedades que ya casi no se manifiestan. Algunas incluso han sido erradicadas.

MANCHITAS El sarampión es una enfermedad que se manifiesta con fiebre y enrojecimiento de los ojos. Al cabo de un tiempo aparecen manchitas rojas en el cuello y en todo el cuerpo. Quizá hayas tenido el sarampión, pero lo más probable es que no, porque cuando eras muy pequeño te vacunaron.

En Europa y en los países más desarrollados esta enfermedad está prácticamente erradicada, pero en el mundo el sarampión figura entre las cinco principales causas de muerte infantil. En los países pobres cada año muere medio millón de niños y niñas por esta enfermedad.

Esto ocurre porque en estos países hay muchos menos médicos y hospitales. Allí hay gente que tiene que caminar tres días para poder recibir asistencia sanitaria, y las vacunas cuestan mucho dinero. Para vacunar a todos los niños de los países pobres se necesitarían mil millones de euros, que sería lo que costaría comprar un helado durante un mes a todos los niños y niñas de Europa.

¿Qué microbios pueden resultar mortales?

MÁS MANCHITAS Otra enfermedad que ya casi no existe es la rubeola, que también provoca fiebre y manchas rojas en los niños y niñas. Gracias a la vacuna existente desde hace unos años, también se ha reducido mucho la varicela, que provoca ampollas en la piel. Se suele administrar a los bebés a partir de 12-15 meses y tiene por objetivo evitar que pueda infectarles.

LA POLIOMIELITIS La viruela está totalmente erradicada. Un cocinero etíope fue la última persona que pasó la enfermedad en 1977. La poliomielitis también está prácticamente extinguida. Se trata de una enfermedad que deteriora los nervios. A los niños y las niñas les afecta principalmente en brazos y piernas. La polio también recibe el nombre de *parálisis infantil*. En algunos casos el virus afecta al diafragma y los enfermos casi no pueden respirar. Para sobrevivir se necesita un pulmón de acero, una máquina que permite respirar cuando la persona no puede hacerlo.

Europa fue declarada libre de polio en 2002. En España la vacunación masiva empezó en 1963 y desde 1989 no se ha declarado ningún caso.

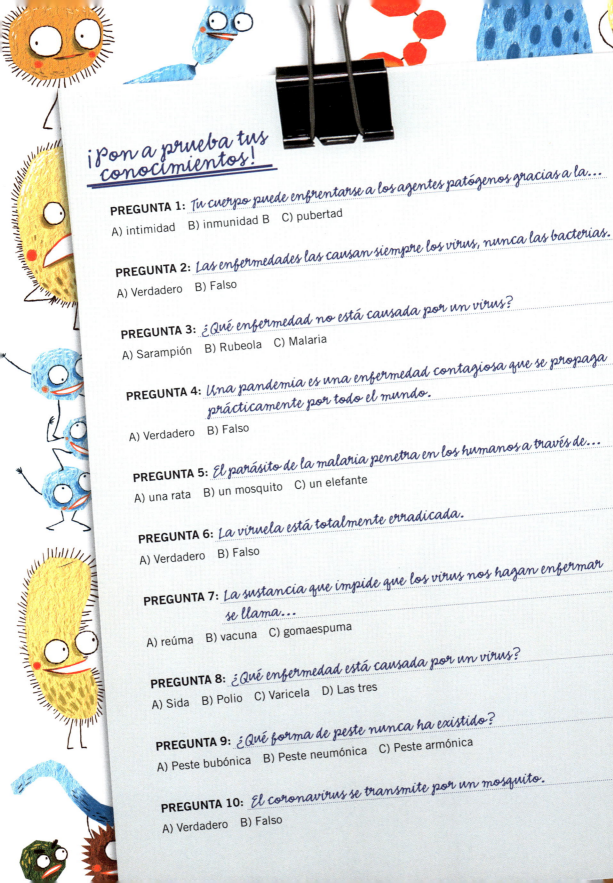

¡Pon a prueba tus conocimientos!

PREGUNTA 1: *Tu cuerpo puede enfrentarse a los agentes patógenos gracias a la...*

A) intimidad   B) inmunidad B   C) pubertad

PREGUNTA 2: *Las enfermedades las causan siempre los virus, nunca las bacterias.*

A) Verdadero   B) Falso

PREGUNTA 3: *¿Qué enfermedad no está causada por un virus?*

A) Sarampión   B) Rubeola   C) Malaria

PREGUNTA 4: *Una pandemia es una enfermedad contagiosa que se propaga prácticamente por todo el mundo.*

A) Verdadero   B) Falso

PREGUNTA 5: *El parásito de la malaria penetra en los humanos a través de...*

A) una rata   B) un mosquito   C) un elefante

PREGUNTA 6: *La viruela está totalmente erradicada.*

A) Verdadero   B) Falso

PREGUNTA 7: *La sustancia que impide que los virus nos hagan enfermar se llama...*

A) reúma   B) vacuna   C) gomaespuma

PREGUNTA 8: *¿Qué enfermedad está causada por un virus?*

A) Sida   B) Polio   C) Varicela   D) Las tres

PREGUNTA 9: *¿Qué forma de peste nunca ha existido?*

A) Peste bubónica   B) Peste neumónica   C) Peste armónica

PREGUNTA 10: *El coronavirus se transmite por un mosquito.*

A) Verdadero   B) Falso

¿QUIERES SER MICROBIÓLOGO?

¿QUÉ HACEN LOS MICROBIÓLOGOS? Las personas que han estudiado microbiología trabajan en todo tipo de empresas. En la industria médica estudian bacterias, virus y parásitos patógenos, y desarrollan medicamentos. En la industria alimentaria se encargan de que nuestros alimentos no contengan sustancias nocivas. Los microbiólogos también pueden trabajar en empresas públicas, realizando trabajos de investigación en un laboratorio o como investigadores medioambientales, que son las personas que controlan, por ejemplo, la calidad del agua del grifo. También hay microbiólogos trabajando en los hospitales, o dando clases en la universidad o en una escuela politécnica.

¿Todos los microbiólogos hacen el mismo trabajo? No. Como ya sabes, hay una increíble cantidad de microbios. Para una sola persona sería demasiado trabajo estudiarlos todos. La mayor parte de microbiólogos se dedican a un tipo concreto de microbios.

ESPECIALIDADES Hay microbiólogos que estudian exclusivamente las bacterias. Investigan si pueden causarnos daño y cómo, y qué utilidad pueden tener. Son los *bacteriólogos*.

Otros se especializan en virus. Investigan de qué manera nos ponen enfermos. Son los *virólogos*.

Otro grupo se centra en el estudio de los hongos. Se llaman *micólogos*.

También los hay que se dedican a estudiar las enfermedades que se propagan a un gran número de personas. Cuando aparece una, investigan de dónde viene e intentan averiguar si está relacionada con un nuevo microbio letal. Estos científicos son los *epidemiólogos*.

Finalmente, están también los microbiólogos que investigan cómo se defiende nuestro organismo de los microbios patógenos. Son los *inmunólogos*.

¿PARA HACER MICROBIOLOGÍA HAY QUE ESTUDIAR MUCHOS AÑOS? ¿Quieres ser microbiólogo o microbióloga? Entonces en secundaria tienes que elegir una rama en la que haya biología, química, física, informática

y matemáticas. El inglés también es importante, hablado y escrito, para publicar artículos en revistas científicas internacionales y para intercambiar información con científicos de otros países.

Después de secundaria tendrás que estudiar en la universidad. Si te interesa la microbiología, procura averiguar más cosas. Visita un museo de ciencias o pide al profesor de biología del colegio que te oriente. Más adelante también puedes buscar un trabajo de verano en un laboratorio, y así podrás ver de cerca cómo trabajan los científicos.

Mientras tanto, puedes practicar con los experimentos de las páginas que vienen a continuación.

CULTIVA TUS PROPIAS BACTERIAS

QUÉ NECESITAS *5 botes de cristal con tapa (por ejemplo, de mermelada o de crema de cacao), 1 bol, 2 tacitas de agua caliente, 4 hojas de gelatina, 4 bastoncitos de algodón, 1 rotulador negro grueso, 1 adulto*

EL EXPERIMENTO

1   Antes de empezar, debes asegurarte de que los botes no contengan bacterias. Para ello tienes que limpiarlos muy bien. Los científicos llaman a esta operación *esterilizar*. Hazlo de la siguiente manera: pide a un adulto que te ayude a poner una olla con agua en el fuego y pon dentro los botes de vidrio y el bol con mucho cuidado. Procura que queden cubiertos de agua y déjalos hervir durante cinco minutos. Repite esta operación con las tapas. Después deja que sea el adulto quien saque los botes de agua, el bol y las tapas, y los ponga a escurrir. Cuando estén secos, puedes empezar el experimento.   ☐ OK

2   Pon las hojas de gelatina en el bol. Échale dos tacitas de agua. Mezcla bien hasta que la gelatina se diluya. Vierte la mezcla obtenida en los botes y llénalos hasta la mitad. Deja aparte el resto de la gelatina. La gelatina contiene muchas proteínas y es un alimento excelente para tus bacterias.   ☐ OK

3   Pon la tapa en uno de los botes. Con el rotulador, escribe encima «control». En todos los experimentos científicos debe haber un recipiente de «control» estéril, donde no haya ninguna bacteria, que sirve para compararlo con los otros botes que sí contienen bacterias.   ☐ OK

4   Moja los cuatro bastoncitos en el resto de gelatina que ha quedado en el bol.   ☐ OK

5   Ve con los bastoncitos a distintos lugares de la casa y del jardín. Recoge, por ejemplo, bacterias de la cama del gato, de una jaula de pájaros, de la pila del compost..., da igual de dónde. Frota un bastoncito en tu cuerpo, así obtendrás bacterias de entre los dedos de los pies o de debajo de las uñas.   ☐ OK

6 Introduce un bastoncito en cada uno de los cuatro botes de cristal con gelatina y luego los tiras a la basura. Enrosca las tapas y anota en cada una la procedencia de las bacterias que contiene cada bote.

OK ☐

7 Guarda los botes a temperatura ambiente y ten paciencia. Al cabo de una semana, o incluso al cabo de un día, ya podrás ver en cada bote distintas bacterias.

OK ☐

¿QUÉ HA OCURRIDO? Las bacterias se multiplican en los cuatro botes que has recogido. El medio es húmedo, la temperatura es buena y la gelatina es un alimento óptimo. Hay tantos millones de bacterias, que se pueden ver a simple vista. En el bote de control no crece nada. Al lavarlo con agua hirviendo y jabón, murieron todas las bacterias que había en él. Pero también podría ser que hubiese crecido algo. En este caso serían bacterias que estaban en el aire y que han entrado rápidamente antes de cerrar la tapa. Lo que es seguro es que hay muchas menos que en los otros botes.

OTRA VARIANTE Hasta aquí has conservado todos los botes a la misma temperatura. Pero con este experimento puedes comprobar, además, cómo influye la temperatura en el crecimiento de las bacterias.

Vuelve a recoger bacterias de distintos lugares. Pero esta vez utiliza dos bastoncitos para cada toma y, luego, introduce cada uno en un bote de gelatina diferente. En la tapa anota el lugar de recogida y añade «caliente» o «frío». Guarda un bote en un lugar caliente, por ejemplo, junto al radiador o en un lugar donde le dé el sol. Guarda el otro en un lugar frío, por ejemplo, en el frigorífico. ¿Dónde van a crecer más rápidamente las bacterias? Escribe en un papel tu predicción. Después mira lo que ha pasado realmente.

¿QUÉ OCURRE CUANDO TE LAVAS LAS MANOS?

QUÉ NECESITAS

Vaselina, un periódico, polvo, tierra, perlas de azúcar de colores
(de las que se utilizan para decorar pasteles y helados), una toalla,
agua fría, agua caliente, jabón, un ayudante

EL EXPERIMENTO

1   Pon el periódico en el fregadero y échale encima un poco de polvo
y de tierra. A continuación, esparce algunas perlas de azúcar. ☐ OK

2   Úntate las palmas de las manos con un poco de vaselina. ☐ OK

3   Pon las manos sobre la tierra, el polvo y las perlas de azúcar
que están sobre el periódico. Aprieta bien para que tus manos
queden lo más sucias posible. Las perlas de azúcar son como los
microbios que hay en el polvo y la tierra. ☐ OK

4   Sacúdete las manos sobre otra hoja de periódico limpia.
¿Cuánto polvo, tierra y perlas caen encima? ☐ OK

5   Frótate las manos. ¿Cuánta suciedad se va así? ☐ OK

6   Di a tu ayudante que te dé una toalla. Intenta limpiarte las
manos con la toalla. ¿Funciona? ☐ OK

7   Di a tu ayudante que abra el grifo del agua fría. Enjuágate las
manos. ¿Mejor así? ☐ OK

8   Ahora hazlo con jabón y agua caliente. ¿Quedan limpias las manos? ☐ OK

¿PARA QUÉ SIRVE LA PIEL?

QUÉ NECESITAS

2 hojas de papel blanco, 2 manzanas sin manchas ni golpes, un rotulador negro grueso, un adulto, un ayudante con las manos sucias

EL EXPERIMENTO

OK ☐ 1 Marca una de las hojas de papel con una A y la otra con una B.

OK ☐ 2 Lávate las manos. Después lava las manzanas.

OK ☐ 3 Pon una manzana sobre cada hoja.

OK ☐ 4 Con un cuchillo, haz cuatro cortes en la manzana B.

OK ☐ 5 Pide al ayudante con las manos sucias que manosee bien cada una de las manzanas.

OK ☐ 6 Obsérvalas cada día durante una semana. No las toques. Anota a diario los cambios que vayas observando.

PREGUNTAS

1 ¿Por qué tiene piel la manzana?

2 ¿La piel de la manzana funciona como nuestra piel?

RESPUESTAS

1 La piel protege a la manzana contra las bacterias. En la manzana A no pueden entrar. En cambio, en la B sí que pueden entrar por los cortes.

2 Sí, nuestra piel también nos protege contra las bacterias. A veces las bacterias entran en nuestro organismo a través de las heridas.

<table>
<tr><td>EXPERIMENTO
0004</td><td>## EL TRUCO DE LA PATATA</td></tr>
</table>

QUÉ NECESITAS

3 tapas metálicas de botes (por ejemplo, de crema de cacao o de mermelada), agua caliente y jabón, guantes de goma (de los que se usan para fregar platos o para limpiar), hojas de papel de aluminio, 3 trocitos de patata cruda, un rotulador negro grueso, un adulto

EL EXPERIMENTO

1. Lava las tapas metálicas con agua caliente y jabón. Enjuágalas bien y déjalas secar. ☐ OK

2. Con el rotulador negro, numera del 1 al 3 las tapas (por dentro). ☐ OK

3. Pide a papá, o a mamá, que pele una patata y la corte a trozos pequeños. Lava los trocitos de patata con agua del grifo. Ponte los guantes de goma y pon en cada una de las tapas un pedazo de patata cruda. ☐ OK

4. Corta dos trozos de papel de aluminio. Pon un trozo de papel de aluminio sobre la tapa 1, procurando que no toque la patata. Utiliza papel de aluminio suficiente y procura que los trocitos de patata sean suficientemente pequeños. Dobla las esquinas del papel de aluminio, formando un burbuja, de manera que no entre aire dentro de la tapa. Deja esta tapa aparte. ☐ OK

5. Quítate los guantes de goma. Toca con los dedos los trocitos de patata de la tapa 2. Por una vez, tus manos tienen que estar sucias. Cubre la tapa con papel de aluminio, procurando que no toque la patata. ☐ OK

6. Durante una hora, deja la tapa 3 sin papel de aluminio. Luego ya puedes taparla como has hecho con las otras dos, siempre procurando que el papel no toque la patata. ☐ OK

7. Pon las tres tapas en un lugar caliente. ☐ OK

8 Ten paciencia y espera tres días. Entonces retira el papel de aluminio de las tres tapas. Cuenta por encima las manchas y anota cuántas hay en cada patata.

OK

9 Responde a las preguntas y luego tíralo todo a la basura.

OK

PREGUNTAS

1 ¿En qué patata hay más bacterias?

2 ¿De dónde provienen las bacterias de cada una de las patatas?

3 ¿Por qué necesitas una patata para cultivar bacterias?

4 ¿Por qué antes que nada tienes que lavar las tapas?

REPUESTAS

1 Puede variar. Probablemente en la tapa 2.

2 En la tapa 2: son bacterias que viven en tu piel (es la patata que has tocado con los dedos). En la patata de la tapa 3 hay bacterias que se encuentran en el aire. En la patata 1 no debería haber nada, pero puede que también haya, porque pese a llevar guantes tal vez haya entrado alguna. ¡Las bacterias están en todas partes!

3 La patata es un alimento para las bacterias. Sin alimento estas no pueden multiplicarse.

4 Al lavar las tapas con agua y jabón, te aseguras de que no hay ninguna bacteria antes de empezar el experimento. Las tapas están esterilizadas.

<table>
<tr><td>EXPERIMENTO
0005</td><td># HAZ TU PROPIO YOGUR</td></tr>
</table>

QUÉ NECESITAS

Medio litro de leche, una cacerola pequeña, un fogón, 3 cucharadas de yogur con fermentos de yogur (bacterias vivas) —esto ya viene con los ingredientes—, y también un termo, una cubeta de plástico y un adulto

EL EXPERIMENTO

1 Vierte la leche en la cacerola (la cacerola debe estar bien limpia). ☐ OK

2 Pide a papá o a mamá que calienten la leche a 80 °C. Usa un termómetro o apaga el fuego justo antes de que hierva la leche. ☐ OK

3 Deja que la leche se enfríe hasta 40 °C (temperatura corporal). Tus padres sabrán cuando llega a esta temperatura. ☐ OK

4 Mezcla poco a poco tres cucharadas de yogur con la leche. ☐ OK

5 Pon la mezcla obtenida en un termo y déjala reposar cinco horas. ☐ OK

6 Abre el termo. Verás que ahora no tienes tres cucharadas de yogur, sino todo el recipiente lleno de yogur. Las bacterias del yogur se han multiplicado en la leche. ☐ OK

7 Vierte el yogur en la cubeta de plástico y ponlo a enfriar en el frigorífico. ☐ OK

PREGUNTAS

1 ¿Por qué debes calentar primero la leche hasta 80 °C?

2 ¿Por qué pones la leche y el yogur en un termo?

3 Di dos razones por las que las bacterias de yogur necesitan leche para multiplicarse.

- -

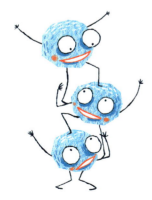

¡Pon a prueba tus conocimientos!

Soluciones de la pág. 16

1A – 2B – 3D – 4A – 5C – 6A – 7D – 8B – 9A – 10B

Soluciones de la pág. 28

1B – 2A – 3B – 4C – 5B – 6A – 7B – 8C – 9B – 10B

Soluciones de la pág. 40

1C – 2A – 3C – 4B – 5A – 6A – 7C – 8A – 9D – 10B

Soluciones de la pág. 54

1B – 2B – 3C – 4A – 5B – 6A – 7B – 8D – 9C – 10B

profesor Marc Van Ranst

A los doce años, Marc Van Ranst tenía un pequeño laboratorio en el sótano, donde realizaba todo tipo de experimentos. Le gustaba estudiarlo todo, pero con el paso del tiempo fue centrándose en las bacterias y los virus, que son lo que hoy en día le fascinan. Actualmente es profesor de Virología e Inmunología en la Universidad Católica de Lovaina y director del Laboratorio de Virología del Hospital Universitario de Lovaina.

Título original: **Monsterlijke microben. Alles over nuttige bacteriën en gemene virussen**

Texto: Geert Bouckaert

Ilustraciones: Sebastiaan Van Doninck

Traducción del neerlandés: Gustau Raluy

Primera edición en castellano: septiembre de 2020

© 2020, de la edición original, Uitgeverij Lannoo, Tielt

© 2020, de la presente edición, Takatuka SL

www.takatuka.cat

Maquetación: Volta Disseny

Impreso en Novoprint, Sant Andreu de la Barca (Barcelona)

ISBN: 978-84-17383-74-9

Depósito legal: B 12943-2020

Este libro ha sido publicado con la ayuda financiera de Flanders Literature (flandersliterature.be)

MIXTO
Papel procedente de
fuentes responsables
FSC® C019520